# Die Flügel des Schmetterlings

*Frank Dan Hofacker*, 1964 geboren in Ludwigshafen/Oggersheim. Nach mehreren Reisen durch Europa folgte eine lange Reise quer durch die Vereinigten Staaten. Hier entstanden die ersten literarischen Experimente Ende der 1980er Jahre. Erster Vortrag der Arbeiten in einem Club in Brooklyn zusammen mit Musikern aus Brooklyn. Zurück in Deutschland, Anfang der 1990er Jahre, belegte er einen Kurs für Drehbuchschreiben und einen Kurs für kreatives Schreiben. Es folgten weitere Textexperimente, Essays und Kurzgeschichten. Er setzte sich mit den Autoren der Beat-Generation und deren literarischen Experimenten auseinander. Eignete sich über Jahre tiefgehende Interessen an der französischen Literatur des 20. Jahrhunderts an. Studierte auf autodidaktischen Weg die Werke von André Breton, Paul Éluard, Jean Genet, Henri Michaux, Hans Arp und viele weitere Künstler. Mitte der 1990er Jahre wurde eine Auswahl der literarischen Arbeiten auf S2-Kultur in der Radiosendung "Buchzeit" vorgetragen. Jahre später, neu inspiriert, begann das Interesse, die Arbeiten zu verlegen und das Schreiben wieder aufzunehmen. 2011 erschien das erste Buch:
Das dunkle Zimmer.

Frank Dan Hofacker

# Die Flügel des Schmetterlings

Ein Bericht

Ausstellung
Mannheim-Solothurn
2013

Bibliografische Information der Deutschen Nationalbibliothek:
Die Deutsche Nationalbibliothek verzeichnet diese Publikation in der
Deutschen Nationalbibliografie; detaillierte bibliografische Daten sind
im Internet über http://dnb.dnb.de abrufbar.

Originalausgabe 2013
1. Auflage 2013
Copyright © 2013 by Frank Dan Hofacker
Satz und Layout: Frank Dan Hofacker
Lektoriert von: Anna Huber
Umschlaggestaltung: Frank Dan Hofacker
Titelseite unter Verwendung eines Fotos
von Alexander Egger

Herstellung und Verlag: BoD
Books on Demand, Norderstedt
Printed in Germany ISBN 978-3-732-26384-4

Alle Rechte in allen Ländern vorbehalten.
Kein Teil dieses Buches darf in irgendeiner Form
ohne schriftliche Genehmigung des Autors
reproduziert oder unter Verwendung elektronischer Systeme
verarbeitet, vervielfältigt oder verbreitet werden.
Außer im Falle von kurzen Zitaten verkörpert in
kritischen Artikeln und Rezensionen.

Vielen Dank an *Heinrich Gartentor.*
Der erste Kulturschaffende, der mir die
Gelegenheit bot, einen Bericht/Roman über
den Aufbau einer Kunstausstellung
zu schreiben.

\*

allen Künstlern
allen Kunstinteressierten
allen Kulturarbeitern
und natürlich
allen anderen

In dem Bericht konnte ich nicht alle Beteiligten agieren lassen. Das sind keine persönlichen Entscheidungen oder Wertungen. Nur die Zeit war ausschlaggebend dafür, ob aus einer Begegnung eine kleine Geschichte entsteht oder nicht.

Die Beteiligten der Ausstellung
Kurator: Heinrich Gartentor
Die Künstler: Onur Dinc, Kurt Fleckenstein, Sam Graf, Barbara Hindahl, Myriam Holme, Gretta Louw, Philipp Morlock, Fraenzi Neuhaus, Pavel Schmidt und Elisabeth Strässle
Der Galerist: Benedikt Stegmayer
Die Crew: Frank Dan Hofacker, Marikarmen Kober, Vanessa May, Georg Jiri Platzer

## 13ter Tag vor Vernissage. Freitag.

Anfangen wo es anfängt, schrieb einst der walisische Dichter Dylan Thomas.

Aber wo fängt man an, wenn nichts da ist. Ich betrat die Galerie so gegen zehn Uhr. Kunstlicht füllte den leeren Raum. Ich sah mich kurz um. Farbverschmierte Plakate bedeckten einen Teil des Bodens, Flyer taten ihr bestes und flogen herum, genauso wie leere Partybecher, zwei prähistorische Monitore, die an Kühlschränke erinnerten, versperrten zum Teil den Eingang, ein paar Leitern standen auffordernd im Raum. Alles erinnerte an eine vergangene Ausstellung, aber von der Kommenden war noch nichts zu sehen.

Neben dem Büro stand Benedikt, für einen Galeristen eher untypisch in Hoodie und Jeans. Ihm gegenüber lehnte ein Mann an einem schwarzen Sockel, die Kleidung ebenso schwarz, die Brille dunkel umrandet. Als ich auf den Mann zuging, lächelte er. Kein gesellschaftliches Lächeln, sondern eines jener zufriedenen Lächeln, wie man sie von Menschen kennt, die etwas geschaffen haben, auf was sie stolz waren oder was sie glücklich machte. Vielleicht lag es an dem kleinen oder großen Erfolg, hier in Mannheim als Kurator zu sein, oder es lag an der Gegend, in der er lebte, hoch in den Bergen der Schweiz, oberhalb des Thunersees, wie ich später erfuhr.

»Hallo, ich bin Heinrich.«

Ich weiß nicht warum, aber der Schweizer Akzent, oder eigentlich sollte man sagen, die Schweizer Sprache, wirkte auf mich schon immer beruhigend. Vielleicht lag es auch daran, dass ich noch keinem unruhigen Schweizer begegnet war.

»Der Kurator aus der Schweiz«, stellte Benedikt vor.

»Frank. Wir haben wohl eine Weile miteinander zu tun«, sagte ich, und wir reichten uns die Hand.

»Ich werde also die nächsten zwei Wochen in deinem Haus in Oggersheim wohnen. Ist das in der Nähe von Helmut Kohl?«, schmunzelte Heinrich.

»Da fahren wir auf jeden Fall noch vorbei.«

Ich sah mich erneut in der Galerie um. Kein Kunsttransport, der Kunstwerke in die Galerie brachte, kein Personal, das auf Betriebstemperatur durch die Galerie wuselte und von Anfang an an einer termingerechten Fertigstellung zweifelte. Keine Restauratoren die ihren *Condition Report* sortierten und mit Stirnlupe durch die Gegend liefen. Nur ein ruhiger Kerl der einfach nur dastand wie ein Berg.

Dann wieder zu dritt am schwarzen Sockel.

»Mit was fangen wir eigentlich an?«, fragte ich.

»Der Kunsttransport kommt erst morgen«, antwortete Benedikt.

Ich sah auf die Uhr und schätzte auf zwei Stunden Arbeit. Vor dem Büro stand ein Tisch mit einem Kaffeevollautomat. Benedikt bemerkte meinen Blick.

»Sollen wir uns erst mal einen Kaffee machen?«

»Sehr gute Idee«, sagte ich.

»Das ist mein Job«, fügte Heinrich ein und organisierte drei Espressotassen aus der Küchenecke am anderen Ende der Galerie.

»Ich hab sie heute morgen gleich angeschmissen, du weißt ja, wie sie funktioniert.«

Eine Maschine, ein Knopfdruck, ein Kaffee.

Während im Hintergrund die Kaffeemaschine wie ein Großvater beim Treppensteigen schnaufte, sah ich erneut in den Raum, der uns angähnte, als wartete er auf irgendetwas Originelles.
Heinrich lehnte am Sockel.
Benedikt kratzte sich am Kopf.
»Guten Morgen«, schallte es plötzlich vom Eingang her.
Ein Mann stand mit breitem Grinsen im Zugang.
»Ich bin der Jiri«, stellte er sich vor. »Ich mache hier beim Aufbau mit.«
Vier Kaffees und ein ausführlicher Wettervergleich *Deutschland-Schweiz* später, machten wir uns erste Gedanken über einen Videoraum der gebaut werden musste. Ungefähr so groß wie eine Garage mit einem Eingang auf der kurzen und einem auf der langen Seite. Wir suchten den passenden Platz für die Konstruktion.
Jiri legte den Meter an, Heinrich grenzte mit weit ausladenden Schritten den ungefähren Raum ab. Vorschläge wurden gemacht, Ideen in den Raum geworfen. Ich ging ins Büro, Neonlicht kühlte den Raum und ich zog erst mal den Rollladen hoch, kramte dann in einem Karton nach leeren Blättern und suchte im Schreibtischdurcheinander nach einem Stift. Kein Drucker vor Ort, also auch kein Druckerpapier. Stimmengemurmel von drei Männern gleichzeitig drang durch das Bürofenster. Unter Zeitschriften fand ich einen Abrissblock, in einer offenen Werkzeugkiste einen Bleistiftstummel. Zurück am schwarzen Sockel

begann ich mit einer Zeichnung, es sollen laut Heinrich zwei Filme gezeigt werden, die sich in der Ecke überkreuzen sollen. Dann kamen Heinrich und Jiri an den Sockel, Benedikt mit Handy am Ohr stand vor der Tür. Wir redeten drauf los und jeder hörte seine eigene Idee. Dann kam Benedikt dazu und begann mit einer Luftzeichnung.

»Man soll auch drauf laufen können«, sagte er.

Blicke kreuzten sich und das Wort *Statik* fiel in der nächsten halben Stunde gefühlte hundert mal.

»Und wie ist das mit der Bauabnahme«, fragte ich Benedikt, »du weißt ja, bei Veranstaltungsstätten, da sind die besonders pingelig.«

Benedikt zog an seinem Schal.

»Die nerven mich total. Jedes mal ist irgendwas«, räsonierte Benedikt.

»Die Filme sollen in 4:3 gezeigt werden«, sagte Heinrich.

Wir nahmen erneut Maß. Rechneten herum und kamen zu einem ungefähren Maß mit ungefähren Sicherheitsregeln.

»Wir stellen jetzt mal zwei Beamer auf, im rechten Winkel zueinander und sehen wie groß die Projektion sein wird, und dann messen wir den Raum aus«, sagte ich.

Wir perlten auseinander wie Wassertropfen auf einer rotglühenden Herdplatte, ohne Absprache wer eigentlich was organisierte. Aber es klappte.

Fünfzehn Minuten später standen zwei Beamer auf zwei schwarzen Sockeln, im rechten Winkel zueinander, die Stromkabel waren angedockt und die Projektion lief.

»Ach herrje, was ist das denn?«

Heinrich strich sein Haar beiseite.

Die Projektion an der kurzen Seite war deutlich kleiner als die an der langen Seite und die Beamer hatten keinen Zoom um dies auszugleichen. Diese Idee war schon mal nichts. Die Beamer mussten für ein gutes Ergebnis außerhalb der Garage stehen. Wir probierten herum, verschoben den Sockel um gut zwei Meter. Das klappte wunderbar. Die Projektion war nun gleich groß, nur stand dann eben ein Beamer mitten in der Galerie und nicht in der gebauten Garage. Und wenn Besucher dran vorbeigehen? Dann sieht man den Film nicht mehr.

»Da muss noch irgendwo eine Leiter dran, dass man hoch auf das Dach des Raumes kommt«, fügte Heinrich hinzu.

»Wenn da Leute hoch sollen, dann muss auch ein Geländer dran«, ergänzte ich.

Jiri nickte bestätigend.

Eine viertelstündige Diskussion um Geländerhöhe, Baubestimmungen und diverse Bundeslandrichtlinien begann.

Benedikt schwieg.

Nachdem keiner was Genaues wusste, begannen wir ernsthaft an der Zeichnung weiterzuarbeiten. Der Kugelschreiber machte seine Runde wie beim Würfelspiel. Utopische Entwürfe, so schien es zunächst, verwandelten sich in eine Skizze, die an ein Schnittmuster für Übergrößen erinnerte.

Nach eineinhalb Stunden waren wir uns einig.

Grundgerüst Holz, verkleidet wird mit Rigipsplatten. Das Dach soll aus neunzehn Millimeter OSB-Platten angefertigt werden.

Weil man drauf laufen soll.

Immerhin ein Ansatz.

Aber welcher Balken liegt auf welchem Träger, und wie muss der Balkenabstand für eine begehbare Fläche sein, und was gibt es da eigentlich für Richtlinien? Wie viele Winkel und wohin? Und wo befestigen wir das Ganze, da wir keine festen Wände haben? Bei Veranstaltungsorten herrschen strengere Regeln, als legte man sich einen Wohnzimmerboden im trauten Heim.

Benedikt schwieg immer noch, sah zunehmend müder aus. Ich schielte auf den Tisch vorm Büro.

Eine Maschine, ein Knopfdruck, ein Kaffee.

Wir gingen kurz an die frische Luft, der kleine Kaffee tat gut, die Sonne ebenso. Trotz Hinterhof schielte sie genau in unsere Ecke.

So an der frischen Luft kam mir die Idee, in einer Ludwigshafener Kultureinrichtung nachzufragen, ob die uns eventuell einen Beamer ausleihen könnten.

Das klappte nach einem Anruf. Wir wollten ihn dann am Tag drauf abholen. Bedingung: Bei Rückgabe muss da eine neue Birne rein.

»Die kosten doch gleich mal einhundertfünfzig Euro, irgendwas«, lachte Jiri.

Schweigen.

Dann wieder am schwarzen Sockel. Die Zeichnung war gut fünf mal übermalt. Notizen, Formeln und Rechnungen kreuzten sich, und wir begannen mit der Materialzusammenstellung. Da kam einiges zusammen, und damit es mit der Statik stimmte, rechneten wir gleich doppelt.

Wir kalkulierten den Betrag.

Benedikt zog an seinem Schal.

»Diese Erkältung macht mich noch ganz fertig, und heute morgen, da hatten wir noch diese Sitzung von der Stadt, zu viele Themen, warum Theater, was soll ich da mitreden ...?«

Eine Stunde später saßen wir in einem mit Werbung zugekleisterten Lieferwagen der Stadt, dem sogenannten Bandbus. Ich fuhr mit Heinrich und Jiri in einen Baumarkt am Rande von Mannheim. Jiri am Ruder. Die Scheiben runtergekurbelt, die Ellbogen aus dem Fenster, der Radiozeiger auf HR-2, irgendein Bigband Kram dudelte belanglos vor sich hin, und Jiri plauderte über sein Leben. Aufstieg und Fall eines Schlossermeisters mit eigener Werkstatt und Spitzenaufträgen und Angestellten.

Dann im Drive In.

Der Wind zog durch die Halle und krabbelte unter mein T-Shirt wie Eiswürfel. Ich streifte meinen Pulli über, ein Stapler brummte an uns vorbei. Neben uns stämmten zwei junge Männer Säcke mit Estrichbeton in ihren Kombi mit bulgarischen Kennzeichen.

»Was nehmen wir denn für Holz, gehobelt oder roh?«, fragte Jiri.

Wir öffneten die Hecktüren.

Jiri petzte ein Auge zusammen und nahm Maß.

»Wie machen wir das mit den Viermeterbalken? Die passen doch gerade so über die Beifahrerlehne?«

Heinrich und ich hievten einen Balken in den Transporter und schoben ihn bis zur Frontscheibe. Jiri stand im Wagen und navigierte das Gehölz.

»Halt«, schrie er, als wir ihn hinten ablegen wollten.

»Der stößt uns an die Decke.«

Balken wieder raus.

Seitlich!

Wir versuchten es seitlich, und es klappte mit knapp einem Meter Überstand.

»Das verzurren wir dann irgendwie«, sagte Jiri.

Ich mochte seine Irgendwie-art.

Wir knallten also den Bus mit Balken voll, so wie es passte.

Dann folgten Rigipsplatten und dann wieder Balken.

»Mist Leute, wir haben die Barcodes der Balken im Wageninnern.«

Wir zogen einen Balken raus und schoben ihn andersherum wieder rein. Der Barcode der Kassiererin zugewandt.

»Den Rest soll die Verkäuferin machen«, winkte Jiri ab.

Beim Verzurren kam es mir vor, als würden wir im tiefsten Paraguay mit irgendwelchen ausrangierten Seilen eine LKW-Ladung zusammenhalten wollen, jenseits jeglicher Statik und jeglichen Nutzens.

Am Ende war alles vernäht und irgendwo herumgewickelt.

Die Klapptüren standen sperrangelweit offen. Eine Rote Fahne? Die gab es nicht. Die herausstehenden Balken sieht man doch.

Wir rüttelten am Material.

»Das geht schon irgendwie. Wir rasen ja nicht.«

Die Kassiererin stöhnte.

Drive out.

Dann nochmal im Hauptgeschäft.

Auf unserer Liste. Winkel verstärkt, Winkel normal, Schrauben lang und kurz. Zwischendurch erneute Diskussionen über Geländerhöhe und Baubestimmungen.

Ergebnis? Kein Ergebnis.

Nur, dass die Schrauben etwas länger ausfielen als auf unserer Einkaufsliste. Trotz doppelter Planung packte ich nochmal das Doppelte ein. Kann man ja wieder zurückgeben. Wie sich später herausstellte, wurde fast alles verbaut. Der Kleinbus war voll, unsere Mägen leer. Ein Fleischkäsebrötchen. Mit ordentlich Senf drauf.

»Habt ihr das in der Schweiz auch, den Handwerkerklassiker?«, fragte ich Heinrich.

»Nein, den haben wir nicht, aber ich esse das total gerne.«

Und Heinrich biss genussvoll in das warme Ding.

Dann Rückfahrt, etwas vorsichtiger als die Hinfahrt. Der Himmel war frei. Scheiben runter, Ellbogen raus, Bigband Gedudel. Diesmal Diskussionen über Statik, Baupläne wurden geschmiedet, über Kunst und Geld und Kreuzschmerzen gejammert.

Dann wieder in der Galerie.
Ein Maschine, ein Knopfdruck. Ein Kaffee.

Dann ausladen des Materials. Wie, Wo, Wann. Sicherheit. Die Behörden. Irgendjemand schaltete noch ein paar Neonröhren dazu.

Wir legten das Material neben den Hintereingang.

Benedikt kam aus dem Büro, das Telefon am Ohr,

sagte er so nebenbei:

»Was ist, wenn einer runter fällt? Wie hoch müssen die Geländer denn nun sein?«

Heinrich sah mich an, ich sah Jiri an, Jiri sah Heinrich an und so weiter.

Benedikt zog an seinem Schal, sah irgendwie verzweifelt aus.

»Das ist so nervig, die kommen immer ganz überraschend und schauen, ob hier auch ja alles mit rechten Dingen zugeht.«

»Atme durch«, sagte ich.

Und ich begann, Benedikt eine Story zu erzählen.

Ein Umbauprojekt eines Theaters. Das hatte Beamte hervorgelockt die normalerweise ihren Sessel nicht verlassen. Und als der Dickste von denen so vor mir stand, hatte ich das Gefühl, als kippte gleich ein Aktenschrank auf mich. Die Stirn des Dicken war nass. Nicht weil er nervös war, sondern weil er sich schon lange nicht mehr so viel bewegt hatte. Und so stand er dann vor mir und sah sich den Raum an. Er wollte das Theater, aus »Gründen der Sicherheit«, schließen lassen. Mir wurde damals schwindelig, und ich sah mich schon hinter Gittern. Doch dann kam der stellvertretende Direktor hereingeplatzt und redete erst mal alles platt. Aber dieser Dicke, der hätte es fast geschafft, dass ich einpackte.

Ich wusste, dass meine kleine Story nicht gerade die Wirkung von Melisse oder Johanniskraut hatte, denn Benedikt sah aus, als versuchte er zwanzig Salzstangen gleichzeitig zu verschlucken.

Und dann beruhigte Jiri:

»Wir bauen es so, dass hier eben keiner runter fällt.«

Und wieder diese Irgendwie-art.

Wir begannen mit dem Bau des Videoraumes, bis die äußeren Rahmen standen.

Barbara Hindahl kam vorbei. Kurzes Umarmen, dann sahen wir uns das Garagenfragment, in dem ihre Filme gezeigt werden sollten, an.

Zwei Leute, die ich nicht kannte kamen herein, der Kleidung nach zu urteilen kamen sie nicht zum anpacken, unterhielten sich indes leise mit Benedikt, sahen sich, die Arme im Rücken verschränkt, die Räumlichkeiten an, als wollten sie das Objekt kaufen. So leise wie sie kamen, so leise sie gingen.

»Das sieht ja schon mal gut aus. Und auf dem Raum sollen wirklich Leute laufen?«

Gegen Abend waren wir dann auch weit gekommen. Über den Dachbalken hatten wir die ersten Bodenplatten befestigt, die erste Seite war mit Rigipsplatten verkleidet.

Gemeinsamer Nenner:

Für einen Tag Arbeit war das klasse.

Noch wussten wir nicht, ob irgendwelche Bauämter hier vorbeikommen und sagen würden: So nicht.

## 12ter Tag vor Vernissage. Samstag.

Wir bauten gerade an der Garage weiter, Heinrich summte mit dem Akkuschrauber innerhalb der Konstruktion, Jiri setzte Winkel wo es nur ging, als es plötzlich am Hintereingang an die Tür schlug. Einmal, zweimal, dreimal, schepperte die Metalltür.

Jiri ratterte an der Verriegelung und öffnete die Tür. Frische Luft trat ein.

»Leute, es gibt Arbeit«, rief er in den Raum.

Draußen stand ein Kleinlaster mit Ladefläche. Auf der Ladefläche gestapelt: Etliche Leitplanken, wie man sie von der Autobahn kennt, alle in schwarz, jede eine eigene Form.

Ein Mann kam herein.

»Kurt.«

Das klang genauso knapp wie sein Name. Er hätte auch *Kt* sagen können.

»Kurt Fleckenstein.« Kurt war der Künstler.

Dann gab es da noch einen jungen Mann mit Skimütze, unter der ein schüchternes Musikergesicht hing. Der Fahrer, und wie ich später erfuhr, arbeitet er eigentlich als Landschaftsgärtner. Wollte aber wieder zurück in seinen ursprünglichen Beruf, in eine Festanstellung als Verspannungstechniker. Die Selbständigkeit als Gärtner sei zu anstrengend, die Leute hätten immer gerne das Beste und wollen aber nichts dafür bezahlen. Das geht einem auf den Nerv.

Kurt und Gärtner waren also sichtlich begeistert, dass wir da waren. Vierundzwanzig Leitplanken a sechzig Kilogramm. Das sind eine Tonne und vierhundertvierzig Kilogramm. Gut, dass wir wirklich viele waren. Die Dinger waren unhandlich, und es forderte einige Verrenkungen, bis wir sie durch die Tür manövriert hatten.

»Wohin damit?«, fragte Vanessa aus dem Off.

»Die Vanessa wäre heute auch besser in ihrem Atelier geblieben, statt hier beim Aufbau mitzumachen«, scherzte Jiri.

»Später an die Decke«, sagte Heinrich.

Als ich *an die Decke* hörte, brummten plötzlich drei Dinge durch meinen Kopf. Der Reihenfolge nach waren das komplizierte Formeln, insbesondere jene von Sir Isaac Newton, dann ein Gerichtsaal mit einem übellaunigen Richter, dessen Resonanzblock vom Richterhammer völlig zerfasert war, dann schwedische Gardinen.

Eineinhalb Tonnen an die Decke hängen?

Wer sich gerade kein Bild davon machen kann, der soll sich vorstellen, bei sich zuhause einen VW-Käfer an die Wohnzimmerdecke zu hängen, mit Motor und vier stämmigen Insassen.

»Die hängen wir dann halt irgendwie da oben fest und gut ist.«

Ich sah Jiri direkt ins Gesicht und sein Lächeln beruhigte. Jetzt aber erst mal in eine Ecke, wo wir sie später wieder wegräumen mussten.

Personen in der Galerie: Jiri, Benedikt, Heinrich, Kurt, Vanessa, ich und der LKW Fahrer, der eigentlich als Landschaftsgärtner arbeitete.

Da lagen aber noch die Balken des Videoraumes im Weg.

Kurt und sein LKW-Fahrer, der eigentlich als Landschaftsgärtner arbeitete, gaben kurze Meldung, dass sie noch eine Fuhre hätten.

Unsere Blicke kreuzten sich und wir freuten uns so richtig darauf.

Kurt war gut im Mimik lesen, und antwortete:

»Es sind auch nicht mehr viele.«

Eine Maschine, ein Knopfdruck, ein Kaffee.

Operation Garage oder Videoraum.

Mathematische Höhe des Konstrukts? Einmeterneunzig. Die ersten Gehversuche auf den Trägerbalken. Ich bestieg die Errichtung über eine Leiter. Vorsichtig stieg ich hinüber, testete mit einem Fuß die Stabilität, dann stand ich oben. Das Ding wackelte noch wie ein nasser Karton. Gefühlte Höhe? Achtmeterneunzig. Gefühlte Tiefe? Fünf Wochen Krankenhausaufenthalt.

»Da muss auf jeden Fall pro Balken ein Winkel an die Wand, und da diese aus Rigips ist, nehmen wir Spreizdübel und dickere Schrauben«, sagte ich.

Das waren dann neun Winkel. Nach etlichen Kreuzverstrebungen, die Jiri liebevoll zugesägt hatte, wagte ich einen neuen Versuch. Das Empire State Building stand. Ich prüfte mit Tanzbewegungen die Stabilität. Wenn es einstürzte, dann stürzte es ein, dachte ich kurz, was mir allerdings nicht gefiel, da: Fiese Schmerzen und keine Arbeit für länger Zeit. Somit auch keine Einkünfte, und und und. Schicksalsmelodie, nein, das muss nicht sein. Ich wollte wieder runter und setzte vorsichtig einen Fuß auf die Leiter, als sie plötzlich in eine Richtung kippte. Blut schoss in meine Fingerspitzen. Nächster Gedanke. Vielleicht sollte ich mir doch irgendwann einen festen Job suchen und das Kranksein in vollen Zügen genießen.

Wie gut sich doch ein einfacher Estrich anfühlte, wenn man mit beiden Füßen fest auf dem Boden steht.

Wohin aber die Treppe, und wie machen wir das mit dem Geländer, dass auch keiner runter fällt. Heinrich und Jiri´s Fragen überschnitten sich gerade, als es an die Hintertür schlug. Einmal, zweimal, dreimal. Wie schnell man seine Leute kannte. Das war Kt und sein LKW-Fahrer, der eigentlich als Landschaftsgärtner arbeitete.

Heinrich öffnete die Tür. Kurt und der Gärtner lösten die Verzurrgurte, während Jiri und ich uns erneut Gedanken über den richtigen Balkenabstand machten, damit auch niemand durchbrechen konnte.

Da gäbe es regionale Unterschiede.

Ist man in Baden Württemberg schuld, wenn jemand wegen einer fehlerhaften Konstruktion einstürzt, und in Hessen nicht?

Ein Maschine, ein Knopfdruck, ein Kaffee.

## 11ter Tag vor Vernissage. Sonntag.

Wo man nicht dabei ist, gibt es auch nicht viel zu berichten.

Fallweise jedoch reichte eine Frage und die dazu passende Antwort, um vor dem Auge einen Film abzuspulen, der einen ganzen Tag, einen längeren Zeitraum oder ein ganzes Leben dokumentierte.

Ich stellte die entscheidende Frage allerdings erst am Montag, denn heute waren Heinrich und Jiri mit dem zugekleisterten Bandbus der Stadt unterwegs in die Schweiz. Dort wollten sie in vier Stunden sein. Dann wollten sie die fünf Künstler in ihren Ateliers besuchen und die Kunst kurz in den Bus einladen, um anschließend gleich wieder zurück zu fahren, nach Mannheim, mit einer eingeplanten Fahrzeit von ebenso vier Stunden. Für das ganze Projekt waren also so knapp zehn bis elf Stunden geplant. Wie gesagt war ich ja nicht dabei, aber meine Frage an Jiri am Montagmorgen war:

»Und, wie ist es mit eurem Transport gelaufen?«
Dann die Antwort von Jiri.
»Reden wir besser nicht darüber.«


**10ter Tag vor Vernissage. Montag.**


Benedikt war krank, sensibler formuliert streifte in eine Erkältung, die seit Tagen an ihm hing wie ein nasser Schal. Ich fuhr mit Heinrich wie gewohnt von unserem Haus nach Mannheim in die Stadtgalerie. Wir unterhielten uns, über das Schreiben, über die regionalen Künstler, über die einzelnen Häuser, über den Regen, den Schnee und die Berge. Vom Thunersee, den ich einst umwanderte, vom Panoramaweg, der vom Männlichen zur Kleinen Scheidegg führte, mit Blick auf die Eiger Nordwand, Mönsch und Jungfrau.

Aber vor allem über das Schreiben.

Wir kamen genau so schnell durch die Stadt wie auf den gemeinsamen Nenner, dass schreiben eine geile Sache ist.

Personen in der Galerie: Jiri, der lächelte und gleich eine Geschichte erzählte, der ich nicht folgen konnte, Vanessa, die in ihrer Arbeitskleidung hing und den Eindruck machte, als würde sie viel lieber in ihrem eigenem Atelier arbeiten; und Heinrich, der auf seine Drohne schielte. Später kam noch Marikarmen dazu, die noch Kunst studierte und mich irgendwie an eine Spanierin erinnerte.

»Was machen wir heute eigentlich?«, fragte Vanessa.

Ich hatte am Vorabend eine Jobliste erstellt.

Job eins bis neun hing also an einem Holzbrett.

Wir durchliefen den Raum. Eigentlich sah es hier aus, als wäre noch gar nichts passiert. Der Videoraum sah noch aus wie ein Fragment und musste verkleidet werden. Ebenso musste noch die Treppe ran, die es in irgendeiner leerstehenden Halle geben sollte, aber deren Maße wir nicht kannten. Die Leitplanken lagen in zwei verschiedenen Ecken. Und wenn wir sie miteinander verschrauben wollten, müssten sie eigentlich woanders liegen.

Heinrich lief den Weg ab, wie sie ungefähr hängen sollten. Eine große Schleife wie eine Schneckennudel, die sich bis unter die Decke zog. Kurze Gedanken über Statik und einen überdimensionalen Richterhammer tauchten wieder auf. Bis jetzt lagen da nur die

Leitplanken und füllten ein Drittel des Raumes.

»Die Leitplanken sollen hier von der Decke abgehängt werden«, instruierte Heinrich und deutete einen ungefähre Form an. Überall in der Galerie gab es eine ordentliche Stahlkonstruktion, die das Dach hielt, nur genau da, wo die Leitplankenschleife am dichtesten hängen sollte, gab es nichts.

»Das müsste doch eigentlich ein Statiker abnehmen«, schielte Vanessa nach oben.

Eine Maschine, ein Knopfdruck, ein Kaffee.

Künstler kommen und sagen, so wird es gemacht.
'Ich bin hier der Künstler. Und dann müsst ihr euch dazu was einfallen lassen. Alles andere ist nicht mein Problem.' Hörte ich einst einen Künstler sagen und es wurde nicht so gemacht wie er es wollte. Da Einsturzgefahr. Woraufhin er rot wurde. Das World Trade Center soll also nochmal einstürzen, damit der Künstler das nochmal filmen kann? Ah-ja. Aber gerne doch.

Mal sehen, wie wir das hier hinbekommen.

Wir diskutierten ernsthaft über Statik, und wer denn eigentlich dafür verantwortlich wäre, wenn doch etwas runterkäme. Da nach gut zwanzig Minuten keiner sein Handy zog, um die zuständige Behörde ausfindig zu machen, arbeiteten wir weiter.

Die sollen kommen, wenn sie was wollen.

Jeder fingerte an irgendwas herum. Aufräumen, da überall Zeug herumlag. Die Garage weiterbauen. Mit Garage verspachteln waren dann Vanessa und Marikarmen beschäftigt.

Heinrich und ich begannen die Leitplanken auszulegen. Vom Eingang her drehten wir eine erste Kurve in der hinteren Galerieecke und zogen eine lange Linie an der hintersten Wand entlang. Welches Teil an welches passte und wie wir am Ende damit herauskamen, war mehr als nur ein Puzzle. Die Schienen waren nicht durchnummeriert oder sonst wie markiert, sie sollten sich dem Raum anpassen.

Zwei Stunden später lag die erste Reihe. Im hinteren Eck war die erste Kurve, die zur Decke hin abgehängt werden soll, angedeutet. Änderungen vorbehalten.

Die Kunstlieferung aus der Schweiz, das hatten wir fast vergessen. Der Bus stand am Hintereingang. Wir ließen unsere Arbeit liegen, wollten gerade anfangen auszuladen, als Marikarmen, mit einer nur kleinen Frage, ein Durcheinander aufwirbelte, das es in sich hatte:

»Wo tun wir das Zeug hin?«

Als SMS verschickt müsste man dieser Frage einen Smiley anhängen.

»Vielleicht hier in den Nebenraum«, antwortet Jiri.

»Den müssen wir aber erst mal frei räumen.«

»Aber wohin mit den Sachen, die im Nebenraum stehen? Die Seitenkammer ist bereits voll bis oben hin.«

Also schoben wir erst mal alles von einer Ecke in die andere Ecke, nur etwas dichter, wo es einige Zeit später wieder im Weg stand.

»Gibt es eigentlich Kantenschoner, dass wir die Bilder auf den Boden stellen können?«, fragte ich museumsgeschädigt.

Der zugekleisterte Bandbus war vollgestopft wie ein Umzugswagen.

Worüber wir uns jedoch alle freuten, war, dass die Sonne schien. Seit Tagen von Wolken verschluckt, warf sie heute kräftige Schatten an die Hauswände ringsherum. Wir lachten unter den schweren Lasten, bildeten Ketten und verschafften uns mit Rollbrettern nicht nur eine Erleichterung der Arbeit, sondern schonten damit einhergehend unsere Gesundheit. Was noch fehlte war *das Lied der bunten Vögel,* das wir gemeinsam trällerten.

»Wo ist denn eigentlich die Luftpolsterfolie?«, fragte Vanessa.

»Da unten liegt sie«, sagte Heinrich und sah dabei ganz tief in den Bus, als suchte er etwas in einer dunklen Höhle.

Drei Leute hielten fragile Kunst aus Wäscheleine in der Luft, bis Heinrich die Luftpolsterfolie heraus gezupft hatte.

Eine Stunde später war der Transporter ausgeräumt, der Seitenraum der Galerie zugestellt. An den Wänden lehnten großformatige Bilder.

Eine Maschine, ein Knopfdruck, ein Kaffee.

Am frühen Nachmittag dann.

Eine Verabredung mit Philipp Morlock. Ich hörte etwas von schweren Stahlrahmen, in dem schwere Haustüren hingen. Wir fuhren mit dem zugekleisterten Bandbus durch Mannheim in die Turley Barracks. Wir wollten uns dort am Eingang treffen.

Zwanzig Minuten später standen wir vor einem Eingang, wussten aber nicht ob es der richtige war.

Anstelle von Philipp Morlock versperrte ein orangefarbener LKW den Eingang. Drinnen klemmte ein Typ hinter dem Lenkrad, Bürstenschnitt und Oberlippenbart, das Handy am Ohr. Karikaturhafte Beschreibung einer Person? Aber im vollen Umfang. Schublade auf und Schublade zu.

Wir standen auf der anderen Straßenseite. Machten mittels Lichthupe auf unser Vorhaben aufmerksam, in die Turley Barracks einfahren zu wollen.

Nichts.

Heinrich kramte in seiner Tasche, zückte ein Handy und wählte.

»Hallo, wir sind es. Du, wir stehen hier jetzt vor irgendeinem Eingang der ...?«, Heinrich sah mich fragend an.

»Turley Barracks!«

»Törli Barracks – kannst du uns hier abholen?«

Philipp Morlock erschien fünf Minuten später am Eingang. Der orangefarbene LKW stand immer noch da wie ein Elefant. Philipp gab dem Fahrer ein Zeichen.

Der Fahrer hatte immer noch das Handy am Ohr.

Philipp winkte etwas heftiger.

Der LKW röhrte seinen Diesel an. Immer mal schön langsam. Im Vorwärtsgang rollte er ein paar Meter, schlug etwas ein, dann wieder im Rückwärtsgang. Dann wieder nach vorne und wieder etwas einschlagen. Dann stand er, wie ein Bulle.

Wir fuhren über die Straße und dankten mittels Handgruß dafür, dass wir gerade so an ihm vorbeikamen.

Wir sahen uns an.

Wir folgten Philipp, der mit seinem Kleintransporter über den Kasernenhof staubte, bis wir vor einer ehemaligen LKW Werkstatt ankamen. Riesige Hallen, in denen sich Tauben und Diebe (wie ich später erfuhr) heimisch fühlten.

Wen ich bis dato noch nicht erwähnt hatte, war der Fotograf Alex, der die Ausstellung dokumentierte und ein Bekannter von Heinrich war.

Alex ging sofort auf Safari. Hallensafari. Suchte nach exotischen Dingen. Er knipste angestaubte Messgeräte, eingerostete Stahlträger, eine Fernbedienung für einen Lastenkran, und uns.

Wir liefen durch die Halle zu der Konstruktion von Philipp Morlock. Stahlrahmen. Darin Türelemente. Aufgebaut zu einem Karree in der Größe einer Vierzimmerwohnung. Ich rechnete zu dem VW-Käfer und seine vier Insassen noch einen Wohnwagen dazu.

»Ich konnte noch nicht alles lackieren. Es ist einfach zu kalt. Selbst das Klebeband vom Samstag ist komplett runter gefallen«, entschuldigte sich Philipp.

Wir umkreisten die Konstruktion wie ein Satellit und stellten Berechnungen an. Wie oft würden wir fahren müssen? Wie bauen wir es hier auseinander? Wie bauen wir es in der Galerie zusammen? Übereinanderlegen der Türen ging nicht, da noch nicht trocken.

Eine Taube flatterte durch die Halle, landete in sicherer Höhe auf einem Querträger und beobachtete uns.

Nach der siebten Umrundung der Konstruktion bemerkten wir einen Stromverteilerkasten, groß wie ein

Garagentor. Die Türen aufgebrochen.

»Kupfer«, sagte Philipp, »hier sind Leute eingebrochen, die das Kupfer aus den Kästen klauen.«

Philipp zeigte auf eine andere Ecke in der Halle, in der sich Matratzen reihten.

»Die haben hier richtig gewohnt und die Kabelkästen zerlegt.«

Ich sah zum Boden, auf dem sich bunte Kabelisolierungen häuften.

»Ein paar davon haben sie schon erwischt«, sagte Philipp.

Während wir über den Marktwert von Kupfer nachdachten fotografierte uns Alex von allen Seiten.

Wir kamen bei ungefähr fünftausend Euro pro Tonne an. Das ist besser als von acht bis fünf arbeiten gehen.

»Kommt Leute, lasst uns mal anfangen die Rahmen auseinanderzubauen und auf den Anhänger zu legen«, sagte ich und klatschte kurz in die Hände.

Und wir fingen an, Rahmen für Rahmen. Zwischendurch wieder neue Streben einbauen, so, dass die restlichen Rahmen stehen blieben. Das Gerüst wurde immer wackeliger. Der Stapel auf dem Anhänger immer höher und rutschiger.

Was irgendwann auffiel. Der Serienauslöser einer Kamera, der uns akustisch begleitet hatte, war plötzlich nicht mehr zu hören.

Philipp, Heinrich und ich sahen zum Eingangstor der Halle.

Dort lag Alex, bäuchlings am Boden. Das sah seltsam aus, da er sich nicht regte. Wir eilten zu ihm.

»Nicht bewegen«, sagte er. »Bitte mal kurz ruhig

bleiben.«

Alex zielte wie ein Scharfschütze direkt auf einen Schmetterling, der unter ihm lag wie betäubt.

»Der hat soviel Staub auf seinen Flügeln, dass er nicht mehr fliegen kann«, sagte Alex und schoss Serien durch, während der Schmetterling hin und her wippte, wie ein Bootchen im Hafen.

Wir standen im Kreis, bückten uns wie zum Gebet und sahen uns die Flügel an. Die waren grau wie eine Wand. Der Schmetterling versuchte, seine Flügel zu schütteln, doch die Last war so schwer, dass er nicht mehr als zwei Flügelschläge packte. Dann lag er für eine Weile wieder still. Kippte zur Seite und lag wieder still. Drückte sich mit einem Flügel vom Boden ab und kippte zur anderen Seite, wo er wieder still dalag. Dann regte sich eine Weile gar nichts.

Der Serienauslöser ratterte durch.

Dann schlugen beide Flügel wild um sich, wie im Kampf gegen Agonie und Todestaumel.

Dann Stille.

Und wenn ich Stille sage, dann meine ich Stille.

Wir platzten auseinander und jeder kam mit irgendwas zurück, das den Schmetterling an einen anderen Ort transportieren könnte.

Heinrich fand eine kleine Zweiggabel, ich riss einen Karton in der Halle auseinander, Philipp kam mit einer Schraubenkiste und Alex operierte mit seinem Objektivdeckel.

Keiner brauchte zu sagen: »Achtet auf die Flügel.«

Heinrich kniete zuerst vor dem Schmetterling. Wir standen mit unseren Requisiten außen herum, knieten uns nieder.

Der Schmetterling hob seinen rechten Flügel und ließ diesen gleich wieder sinken.

Ich blies unter den Flügel, während Heinrich versuchte, sein Geäst mit chirurgischer Präzision unter die Flügel zu schieben. Ich schob mit dem Karton am Körper des Schmetterlings, während Philipp das umliegende Grasbüschel zur Seite drückte.

Vier mal rutschte er uns von der Astgabel, viermal blieb uns fast das Herz stehen. Der Schmetterling fiel, allerdings nur wenige Millimeter vom Boden entfernt. Alex knipste wie ein Irrer. Dann klappte es. Der Schmetterling klammerte sich exakt zwischen der Zweiggabel. Heinrich stand vorsichtig auf. Hielt die Hand zum Windschutz vor den Schmetterling, Philipp hielt seine Schraubenkiste direkt unter den Schmetterling, bewegte sich parallel zu Heinrich. Alex und ich liefen vorn her und suchten eine geeignete Stelle, weit weg von der LKW Einfahrt. Dann legte ihn Heinrich mitsamt der Zweiggabelung auf den Boden. Wir standen um den Schmetterling wie bei einer Beerdigung.

Philipp rangierte indes seinen Bus in die Halle und koppelte den Anhänger. Jetzt hieß es organisieren. Wer nimmt jetzt welchen Bus und fährt wohin?

Ich lehnte an der Wand. Heinrich, Alex und Philipp standen mit Handy am Ohr auf dem Gelände, jeder sah dabei in eine andere Himmelsrichtung. Die Sonne knallte schattenlos auf den Kasernenhof. Ein Wachturm warf einen langen Schatten. Alex, der als erster fertig war, zog noch einmal seine Kamera hervor. Steuerte auf die Stelle zu, an der wir den Schmetterling legten, kniete nieder und hielt den Zeigefinger auf den Auslöser.

Anschießend kam er strahlend auf mich zu.

»Die Flügel des Schmetterlings sind wieder staubfrei.«

Zurück in der Galerie.

Eineinhalb Tonnen Leitplanken, eine holzlastige Garage, die so langsam an eine Konzertbühne erinnerte, und Metallrahmen in der Größe von drei Haustüren, warteten darauf, zusammen gebaut zu werden.

Philipp rangierte auf den Hof vor der Galerie. Dann abladen der Stahlrahmen. Doch wohin damit?

»Wir müssen erst mal den Platz vor dem Nebenraum frei räumen«, sagte Jiri und kratzte sich mit dem Daumennagel an der Stirn.

Eine Stunde später waren die Rahmen an die Wand gelehnt, wo sie zwei Stunden später weggeräumt werden mussten, weil sie für die Leitplanken im Weg waren.

Wir wollten mit dem Rahmenbau beginnen. Da sollten zwei übereinander gebaut werden. Höhe vier Meter zwanzig. Das sollte dann irgendwie an der Decke befestigt werden, dass sie nicht wackeln wie ein Kartenhaus. Und dann müssen drei in Reihe stehen, die man aber nirgendwo mit einem festen Mauerwerk verbinden konnte.

Eine Herausforderung?

Gewiss.

Und wie bei jeder Herausforderung reifte eine Idee zu einem Plan. Also ran an die Arbeit.

Aber?

»Hat eigentlich irgendjemand die Schrauben gesehen?«, fragte ich. Heinrich sah Philipp an, Philipp sah mich an, ich sah Alex an, der gerade seine Kamera zückte, Heinrich sah mich an, ich sah Philipp an. Philipp schlug sich lachend auf die Schenkel.

»Die haben wir wahrscheinlich in der Halle liegen lassen«, lachte er.

Und plötzlich mussten wir alle lachen.

Eine Maschine, ein Knopfdruck, ein Kaffee.

Vier Fleischkäsebrötchen und ein weiterer Kaffee später, genügend Ideen gesammelt und als Jobliste notiert, machten wir uns an die Arbeit.

Wir durchsuchten nochmal die Galerie nach den vermeintlichen Schrauben, durchstöberten das Büro, untersuchten den Bandbus und stellten endgültig fest:

»Die haben wir de facto in den Turley Barracks vergessen.«

Heinrich und ich überlegten uns indes, wie wir die Leitplanken stabil an die Decke hängen sollten. Phillip schwang sich in den Bus und fuhr nochmal zurück in die Barracks. Vanessa kam zu uns, die Hände tief in den Hosentaschen, schielte sie zur Decke.

»Wie ist das eigentlich mit der Statik? Können wir die einfach so von der Decke hängen?«

## 9ter Tag vor Vernissage. Dienstag.

Der Morgen war etwas unruhig, da noch nichts konkret fertig war, und blickte man sich in der Galerie um, wurde die Arbeit aus unerfindlichen Gründen immer mehr. Irgendwie lag alles im Weg, man bewegte sich wie beim Slalom, und die Sache mit der Baustatik war immer noch nicht geklärt. Die Verantwortung wollte natürlich keiner übernehmen.

Wir hatten uns gestern ein Klammersystem überlegt, das man an den Stahlträgern befestigen konnte. Da die Deckenkonstruktion im letzten Drittel der Galerie endete, gab es Überlegungen weitere Stahlträger einzuziehen. Der Aufwand war allerdings groß und die Zeit würde dafür nicht reichen, also überlegten wir weiter, als es plötzlich an die Hintertür klopfte. Philipp Morlock und Myriam Holme. Sie wollten die Arbeiten von Myriam abladen.

Arbeiten, die auf große Holzplatten aufgezogen waren. Drei auf vier Meter oder größer. Ich rechnete noch zwei stämmige Insassen im Wohnwagen dazu.

Beide standen bei uns. Heinrich, Vanessa, Marikarmen, Myriam, Philipp, Jiri und ich. Wir sahen zur Decke, wie bei einem Feuerwerk.

Gemeinsames Halskratzen.

»Da reichen doch drei Seile«, warf Philipp in den Raum.

Ich musste schmunzeln. Da sind sie wieder, die freien Künstler und Techniker, stets eine Gabe für das Ungefähre. Die NASA würde sich freuen. Da reichen doch drei Triebwerke.

Die technische Analyse hätte ich jetzt eher von Jiri erwartet. Doch zwei Mal ungefähr bleibt eben ungefähr.

Was wir jedoch alle feststellten, war, an der Decke gab es nichts, wo man Seile befestigen konnte. Die Träger hörten fünf Meter vor der Wand auf.

Dann kam Benedikt aus der hinteren Galerieecke. Dicker Schal, Raspelstimme, kramte tief in seiner Umhängetasche und zeigte uns eine Schraubflasche mit irgendwelchen Tabletten, die er gerade in der Apotheke gekauft hatte.

»Muss man das eigentlich abnehmen lassen?«, fragte er, hustete in den Ärmel und warf einen Blick zur Decke.

»So wären wir auf der sicheren Seite«, sagte ich.

»Das heißt, du kannst nicht genau berechnen, ob das alles hält?«

»Nur grob, ich bin kein Statiker.«

»Aber der Jiri könnte das doch bestimmt, als Schlossermeister?«, schielte Benedikt zu Jiri rüber.

Jiri sah über den Brillenrand.

Dreißig Minuten später waren die Holzplatten von Myriam nicht abgeladen, die herumliegenden Leitplanken nicht beiseite geräumt, und sieben Köpfe fanden keine respektable Lösung, wie die Leitplanken, zufriedenstellend für alle Behörden, von der Decke hängen sollten.

Plötzlich liefen wir auseinander und jeder machte irgendwas, da ja soviel im Weg lag. Ich sah auf die Uhr, blickte in den Raum, auf die einzelnen Elemente und rechnete an der Restzeit, die bis zur Vernissage blieb, als es plötzlich neben meinem rechten Ohr summte wie ein Bienenschwarm.

Heinrich flog seine Drohne durch die Galerie, zwei Daumen auf dem Touchscreen und filmte mit seinem Fluggerät aus der Vogelperspektive unsere bisherige Arbeit, besser gesagt die Arbeit, die noch bevorstand.

Ich bin vielen Kuratoren begegnet und da gab es einige Charaktere. Da gab es die Unkoordinierten, deren Arbeit meist wir machten, das waren noch die einfachsten. Dann gab es die Schwachnervigen und Gottnahen, die man leicht überzeugen konnte. Doch denjenigen, denen ich am meisten aus dem Weg ging, waren die Unterzuckerten. Jene, die in fernen Schlösser ihr Leben sehen, mit Swimmingpool und Bediensteten und wilden Partys, auf denen man sie bewundern und beneiden darf.

Wie man diese erkennt?

Spätestens am zweiten Aufbautag laufen sie nägelkauend durch die Gegend, verbreiten Unruhe, und das Gefühl, dass alles falsch sei. Und knatschen folgenden Satz in die Länge: »Ich bin gerade total genervt.«

Es gab aber auch jene, wo man am Ende sagen konnte: War eine gute Zusammenarbeit.

Aber einem Kurator, der die Ruhe der Eiger Nordwand ausstrahlte, bin ich jedoch noch nicht begegnet.

Vanessa und Marikarmen verspachtelten weiter die Garage, unterhielten sich und verspachtelten und Jiri räumte ein paar Sachen beiseite.

Myriam und Philipp hatten abgeladen. Marikarmen musste später noch in die Kunstschule.

Am späten Nachmittag, wir hatten uns ein Hängesystem überlegt, fuhr ich in einen Spezialladen für Befestigungstechnik im Mannheimer Industrieviertel. Die Abendsonne tat gut, wenngleich es auch etwas kühl war.

Am Tresen gegenüber stand ein junger Herr, das Hemd kariert wie eine bayerische Tischdecke. Vier Kugelschreiber in der Brusttasche. Mit der Brille auf seiner Nasenspitze erinnerte er mich eher an einen Bibliothekar, als an einen Menschen, der Schrauben verkaufte. Dafür war sein Blick geradeaus und offen. Neben mir zwei Arbeiter in Blau, die gerade an einem Modell aus vielen kleine Metallteilen herumschraubten. Sah aus wie ein kleiner Roboter, ich konnte mir nicht im geringsten vorstellen was das werden sollte.

Ich kramte in meiner Umhängetasche, zückte eine Zeichnung und entfaltete sie auf den Tresen. Ich schilderte das Problem, das wir in der Galerie hatten, zeichnete mit meinem Finger die Zeichnung nach. Ich war, glaube ich, recht miserabel im Erklären, denn der Verkäufer zog die Augenbrauen zusammen und hatte einfach nur ein irrsinnig großes Fragezeichen im Gesicht.

Der Verkäufer bat mich, mit ins Lager zu gehen, um dort Varianten von Hängesysteme anzusehen.

»Autobahnleitplanken?«, schmunzelte der Verkäufer.

»Und das könnt ihr einfach so von der Decke abhängen, kein Statiker und nichts?«

## 8ter Tag vor Vernissage. Mittwoch.

Ein Loch in der Wand, das ein Regenrohr so umleitet, dass der Auslauf mitten in der Galerie endete? Das durfte man eigentlich nur Kulturschaffenden erzählen, aber auf keinen Fall irgendjemandem von der Stadt, oder jemandem, der sonst wie mit den rechtlichen Dingen des Hauses in Verbindung stand. Aber wie immer in solchen Fällen ist es wie in einem amerikanische Agentenfilm, das Hundertstelsekunden FBI, das dir immer einen Schritt voraus ist.

Und da kam er, wie aus dem Nichts.

Der große Unbekannte, oder wer auch immer, der eigentlich nichts dafür kann.

Ein Vorgeschickter.

»Ich bin ja eigentlich nur zufällig hier. So könnt ihr das nicht lassen, und außerdem fragt man bei so was immer nach«, rügte der Unbekannte, deutete auf das Loch in der Wand und vergaß vor lauter Aufregung, sich erst einmal vorzustellen.

Die plötzliche Unruhe störte wie Regen bei einer Wanderung. Vanessa ließ ihre gerade frisch angerührte Spachtelmasse in einen Eimer fallen, Jiri legte sein Handwerkszeug zu Boden, Heinrich verharrte vor dem Kaffeeautomat. Ich stand zufällig am Eingang, rollte gerade ein paar Stromkabel und hörte unfreiwillig zu. Dann kam Kurt Fleckenstein, der gerade mit seinem Team die Leitplanken aufhängte, energiegeladen wie ein Firmenneuling, schnellsten Schrittes nach vorne, und trat dem Unbekannten fast auf die Schuhe:

»Also, wenn ihr denkt, dass ich deswegen meine Arbeit wieder abbaue, das könnt ihr vergessen. Die Regenrinne bleibt. Und basta.«

Klare Anweisung, das gefiel mir.

Ich wollte mich einmischen, doch ich ließ es.

Der Unbekannte, der eigentlich nur zufällig da war, blieb indes ruhig. Genoss die Immunität eines Diplomaten, wie in einem amerikanischen Film eben. Wusste, dass ihn große Mächte und Baugesellschaften im Hintergrund stützten. Kurt indes redete auf den Unbekannten ein wie ein Showmaster. Dann kam Heinrich dazu. Alleine sein Lächeln hätte den Unbekannten umstimmen müssen, aber das tat es nicht.

»Mich dürfen sie da nicht fragen«, sagte der Unbekannte.

»Was ist, wenn die Galerie voll Wasser läuft?«, setzte er fort und deutete mit seinem Kinn in den Innenraum.

Kurt trat noch einen Schritt näher an den Unbekannte.

»Die Regenrinne kann so nicht bleiben und das Loch in der Wand auch nicht.«

Ich wollte mich erneut einmischen, da mich die Situation reizte, doch ich ließ es.

»Ich habe die Dachfläche genau berechnet, da kann es Stunden regnen, bis da was vollläuft. Das geht alles in Ordnung«, überzeugte Kurt kaufmännisch.

Doch der Unbekannte, der eigentlich nur zufällig da war, hatte so seine eigenen Vorstellungen.

Ich konnte nicht mehr zuhören. Wenn mir was auf den Nerv geht, dann ist es Sturheit. Doch wäre mein Einmischen nicht förderlich gewesen, da aufgeladen, also ließ ich es.

Ich weiß nicht wie lange Kurt, Heinrich und der Unbekannte, der eigentlich nur zufällig da war, draußen standen und sich das bierdeckelgroße Loch in der Wand anstarrten, als sei eine Abrissbirne durchgeknallt. Doch irgendwann gab es wohl eine Einigung, denn Heinrich kam genauso lächelnd in die Galerie zurück, wie er mit dem Unbekannten nach draußen gegangen war. Auch Kurt rieb sich zufrieden die Hände.

»Wie ist es ausgegangen?«, fragte ich Heinrich.

»Wir sollen nur kurz eine E-Mail an die Stadt schreiben, was wir vorhaben, somit seien wir erst mal auf der sicheren Seite«, sagte Heinrich und steuerte direkt auf seine Drohne zu, die unter dem Tisch lag.

Und auf dem Tisch?

Eine Maschine, ein Knopfdruck, ein Kaffee.

Danach nahmen wir wieder unsere Arbeit auf. Vanessa und Jiri legten die viel zu lange Leiter an den Videoraum.

»Sollen wir die einfach oben absägen?«, rief Jiri in den Raum. Heinrich eilte zu Jiri.

»Nein, nein, bloß nicht, das gute alte Stück, wir nehmen da die obersten Stufen heraus, setzen das Geländer etwas runter und benutzen den Überstand als verlängerten Handlauf«, sagte Heinrich und strich sein Haar beiseite.

Kurt spannte indes massig Drahtseile von der Decke, seine Kollegen bohrten einen Schweizer Käse in die Leitplanken und Heinrich und ich machten uns Gedanken über eine weitere Videoprojektion in der hinteren Galerieecke.

Irgendwann einigten wir uns. Ein Brett an die Wand und einen Beamer mit Player drauf, Kabel unsichtbar verlegen und in dem kleinen Raum an die Seitenwände anpassen.

Der Video lief auf Anhieb, passte auch.

Thema abgehakt.

Die erste Arbeit, die vollständig installiert war, und auch funktionierte.

»Wow.«

Und dann ein High Five.

Die zweite Arbeit, die an diesem Tag fertig wurde, war die Regenrinne und der Zuckerkubus, von einem Kubikmeter Größe.

Auf ihn sollte das Regenwasser tropfen. Vorausgesetzt, es regnete noch irgendwann, natürlich nach der Vernissage. Vorausgesetzt, die E-Mail an die Stadt gelangt nicht an die falsche Adresse. Warten wir es ab.

Was in der darauffolgenden Nacht geschah?

Regen ohne Ende.

Und was ich am nächsten Tag hörte, war, dass Kurt sich des Nachts noch mal aus seinem Bett quälte, zur Galerie fuhr und einen Eimer unter das Abwasserrohr stellte, damit der Zuckerkubus vor der Vernissage trocken blieb.

Das Rohr hatte sich trotz Platschregen gerade so gefüllt. Man hätte eigentlich den Unbekannten, oder die Stadt, oder Hollywood wecken sollen, um sie davon zu überzeugen, dass hier nichts passieren kann.

## 7ter Tag vor Vernissage. Donnerstag.

Wir trafen uns alle in der Galerie um Neun, am Kaffeeautomat signalisierte das kleine rote Lämpchen Betriebsbereitschaft. Ein Blick in die Galerie beruhigte, da gestrige Aufräumarbeit. Vanessa öffnete die Türen zur Laderampe. Es war ein heller Tag, der die Galerie mit guter Laune füllte.

Die Sofas waren schnell belegt und wir besprachen die Jobliste, die seit Tagen unverändert an der gleichen Stelle hing. Vieles war durchgestrichen, noch mehr wurde hinzugefügt.

Zu der Jobliste addierte sich die unbeantwortete Frage: Kommt eigentlich noch jemand von der Baubehörde oder von irgendeinem Aufsichtsamt? Und sagt am Ende dann noch: »So könnt ihr das nicht lassen.«

Die Leitplanken, die von der Decke hängen, der Videoraum auf dem Leute herumlaufen sollen, eine Stahlrahmenkonstruktion, die in über vier Meter Höhe frei im Raum steht. Und da sollen auch noch schwere Holztüren rein? »Nee, Leute, also beim besten Willen nicht.«

Gerade als wir unseren Kaffee zu Ende hatten, kam Myriam durch die Lieferantentür.

Wir umarmten uns und saßen für einen weiteren Espresso im Sessel. Ihre Arbeit. Das Wetter. Der letzte Kinofilm und wieder ihre Arbeit.

Vanessa und Marikarmen räumten den Tisch auf. Jiri schritt auf die Treppe zu, die am Videoraum befestigt werden musste. Ich schaltete den MP3-Player an. Eine Aufzeichnung des französischen Radiosenders

FIP-Radio-France. Musik zum Durchatmen. Dann mit Myriam bei ihrer Arbeit. Heinrich kramte in den Büroschränken. Vanessa und Marikarmen waren fertig mit Aufräumen und halfen Myriam. Die Bildrückseite musste verstärkt werden, da die Lagerung der letzten Galerie schlampig war und die Bilder durchgebogen waren.

»Dieses Verstärken auf der Rückseite der Bretter dauert eben«, sagte Myriam, knotete ihr Haar, kniete sich auf ihre Arbeit und rüttelte an den aufgeschraubten Latten.

»Gott sie Dank geht das noch zu reparieren, die einzelnen Platten waren wirklich extrem durchgebogen.«

Ich kniete mich zu ihr.

»Wie läuft es eigentlich bei dir zur Zeit?«, fragte ich, und wir fielen fast unmerklich in eine gelöste Gesprächstiefe, da schon lange nicht mehr gesehen. Unsere Jobs, unsere Künstlerkarriere, die Kunst, weitere Pläne, unsere Partner, und darüber, wo man auf keinen Fall enden wollte.

»Wann willst du die Teile denn zusammenschieben?«, fragte ich.

»Ich denke morgen«, sagte Myriam, als es plötzlich neben meinem Ohr summte wie ein Bienenschwarm. Eine Drohne umkreiste uns, am anderen Ende der Galerie stand Heinrich, die Daumen auf dem Display, strahlte er wie ein Junge, der einen Drachen gegen den Wind steuerte.

Es war zehn Uhr.

Auf der Liste stand was von acht Sockeln und fünfzehn Bilderrahmen, die für Tablets gebaut werden sollten. Heinrich und ich besprachen die Sache und wir wurden uns schnell einig. Das ist die Aufgabe einer Schreinerei. Ich rief einen Freund an, der in einer Schreinerei arbeitet. Der Termin mit Jochen war schnell ausgemacht. Dann ein kurzes Telefonat mit Barbara. Sie war bereit. Wir holten sie mit dem Bandbus in ihrer Wohnung ab.

»Ich bin gleich unten«, hallte es durch den Hausflur.

Die Schreinerei war außerhalb von Mannheim, in einem Industriegebiet. Im Radio lief gerade *Rock the Casbah* von *The Clash*. Ich drehte auf. Barbara sah mich an und schmunzelte, sagte was, was ich akustisch nicht verstand.

Zwischenstopp in einem Baumarkt. Wir suchten nach passenden Leisten für die Tabletrahmen.

Ich betrachtete ein paar Sockelleisten auf der einen Seite des Regals, während Heinrich auf der anderen Seite ein paar Deckenleisten inspizierte. Barbara sah sich Teppichrollen an.

Heinrich und ich trafen uns am Regalende und präsentierten gegenseitig unsere Fundstücke.

Gemeinsamer Nenner.

Beide sahen grässlich aus, da Kunststoff mit wunderschöner Furniernachbildung. Also nochmal gemeinsam zu einem anderen Regal.

Diesmal Holz.

Das gefiel uns beiden. Jetzt nur noch die passende Form finden.

Wir zogen eine L-Leiste aus dem Fach, Material

Kiefer. Strichen über die Oberfläche als cremten wir, frisch verliebt, einer jungen Frau den Rücken ein. Wir nickten einstimmig.

»Die ist ja klasse. Das passt doch wunderbar«, bestätigte Barbara aus dem Off.

Dann vor Ort. Wir fuhren über ein riesiges Gelände einer ehemaligen Großfirma. Inzwischen hatten sich hier kleinere Firmen ganz unterschiedlicher Richtungen niedergelassen. Büros neben Hallen, genügend Platz, dass auch große LKWs rangieren konnten, das war ideal für Messebau und Co. Wir stellten den Bus vor die Werkstatt, die sich im hinteren Bereich des Geländes befand. Die Luft war warm und ich zog meinen Pullover aus, schmiss diesen in den Bus, bevor wir die Werkstatt betraten, wo uns gleich Maschinen anbrüllten wie ein aufgebrachter Gozilla.

Dann Barbara dicht an meinem Ohr:

»Wer ist denn eigentlich dieser Jochen?«

Warum hatte sie die Frage denn nicht draußen gestellt?

Ich formte meine Hände zu einem Trichter.

»Ein langjähriger Freund von mir, er ist hier der Möbelschreiner.«

»Was?«

Der Leiter der Werkstatt kam aus dem Büro. Ich trat nah an ihn heran und seine hochgewachsene Gestalt machte es mir um einiges leichter, ihm was ins Ohr zu jaulen.

»Weist du wo Jochen ist?«

Er deutete auf den Nebenraum.

Wir betraten den Nebenraum.

Jochen stand an einer Plattensägemaschine, uns

den Rücken zugewandt, den Gehörschutz auf beiden Ohren. Feiner Staub filterte das durch die Sprossenfenster einfallende Sonnenlicht, und ließ die Werkstatt aussehen wie in einem Film aus den Dreißigern.

Als hätte er gespürt, dass wir hinter ihm standen, drehte er sich plötzlich um, streifte die Kopfhörer ab und wir umarmten uns, wie gewöhnlich.

Jochen drehte den Schalter der Kreissäge auf Null und die Säge heulte langsam aus.

Ich stellte kurz vor.

An einem hohen Arbeitstisch in der hinteren Ecke schoben wir die darauf liegenden Sachen von der einen Ecke in die andere Ecke. Jochen blies den Staub von der Platte und Barbara entrollte ihre Dokumente, Zeichnungen wie man sie zuhause macht, mit vielen Notizen, Durchgestrichenes und Hinzugefügtes, Symbolen und Maßangaben. Doch Jochen war es gewohnt Pläne zu dekodieren und auf das Wesentliche zu reduzieren. Heinrich stand am anderen Tischende und schmunzelte. Ich wusste, dass er sich vorbereitete und nach Barbara sofort seine Vorstellung von Bilderrahmen präsentieren wollte, was auch kam.

Jochen und Barbara besprachen die feinen Details, ich tippte auf dem Taschenrechner herum, kalkulierte Zeit und Budget. Heinrich verlagerte sein Körpergewicht vom linken Bein auf das rechte Bein und umgekehrt, studierte das Tablet und schmunzelte.

»Da soll ja noch eine Glasabdeckung oben drauf, was nimmt man denn da für eine Stärke? Man muss ja immer davon ausgehen, dass sich da auch mal einer drauf lehnt«, meinte Barbara.

Heinrich wartete.

Jochen erklärte.

Ich tippte.

Auch dass das mit dem Glas nicht so einfach sei, da die Firmen für solche Arbeiten meist ein paar Tage bräuchten. Es wird gehofft, dass es bis zur Vernissage reicht.

Jochen skizzierte auf einem externen Blatt.

Heinrich hob wie ein Schüler seinen Zeigefinger.

»Und da haben wir noch dieses schöne Tablet«, er drehte es zwischen seinen Händen, »hier soll noch irgendein Holzrahmen außen herum.«

Er legte das nagelneue Tablet auf den Tisch.

Ich nahm die Leiste aus Kiefer und legte sie daneben.

»Und bis wann soll das alles fertig werden?« fragte Jochen und blickte auf die Uhr.

»Am besten noch gestern«, sagte ich.

Wir lachten, nicht herzhaft, aber wir lachten.

»Ich bin in einer Stunde wieder hier, dann machen wir das alles zusammen«, sagte ich zu Jochen, der gerade dabei war, seine Kopfhörer überzuziehen. Er nickte und tauchte als Schatten vor den Sprossenfenstern wieder in seine Arbeit.

Dann wieder zurück, durch den Raum mit dem bösen Gozilla, in den Bus mit leichtem Pfeifen im Ohr und wieder in die Galerie.

Eine Maschine, ein Knopfdruck, ein Kaffee.

Viel Arbeit. In der Galerie indes ging es weiter.

»Ist das ein Chaos hier. Sollen wir erst mal aufräumen bevor wir weiterarbeiten?«, fragte ich in den Raum.

»Das ist eine super Idee«, sagte Heinrich.

»Da weiß man gar nicht, wo man anfangen soll«, stellte er dann fest.

»Na irgendwo halt«, antwortet Jiri.

Eine gute Stunde räumten wir also grob zusammen, lachten, als wir bemerkten, dass so einige Dinge am Ende wieder dort standen, wo sie weggeholt worden waren. Wie auch immer, danach konnte man wenigstens normal laufen.

Ich lugte durch das Bürofenster.

Vanessa und Marikarmen indes, saßen im Büro und rührten völlig verliebt mit ihren Fingern in einer Schraubensammlung herum, sahen sich an und kicherten über irgendetwas.

»Hmm, soll ich nun das Schräubchen nehmen, oder lieber das?«, scherzte ich.

Marikarmen rollte schnell eine Zeitschrift zusammen und wollte mir das Bündel gerade überziehen, als ich im Hintergrund das Wort Kaffee hörte.

Wir saßen noch eine Weile zusammen, vergaßen kurz die Arbeit, verloren uns im angenehmen Allerlei. Die Lieferantentür stand weit geöffnet, Wärme füllte den Raum und die Mittagssonne warf Schatten wie schon lange nicht mehr. Es roch nach warmem Kaffee und Nusszopf. Es roch nach Sonntag.

Teamarbeit? Auf jedenfall klasse. Jedoch bei einem Unternehmen industrieller Orientierung, oder bei einem Institut wissenschaftlicher Ausrichtung, oder bei einer militärischen Operation, da hätte man uns wahrscheinlich tief eingekerkert und versehentlich dort vergessen.

In der Schreinerei nahmen wir Maß am Tablet,

skizzierten die Arbeitsschritte auf einen Zettel und klebten die ermittelten Maße an der Kappsäge ab, sodass, wir nur noch die Leisten ansetzten mussten und durch damit. Dreißig lange Stücke, dreißig kurze Stücke.

Da sollten schon mal gut eineinhalb Stunden drauf gehen. Fließband? Nichts für mich, stellte ich nach dem zweiten Rahmen fest, als ich anstelle eines kurzen, ein langes Stück absägte. Nicht so schlimm, aber ich musste von vorne rechnen. Dreißig Kurze, dreißig Lange. Ich entschied mich, dass ich erst die Langen komplett sägen wollte und dann die Kurzen.

Tatsächlich. Eineinhalb Stunden auf Konzentration. Das ist Buddhismus, oder zumindest die Vorstellung davon.

Dann muss das Ganze noch verleimt werden. Vier Ecken pro Bild, akkurat auf Gehrung verleimt. Insgesamt sechzig Ecken. Die Fließbandarbeit wurde nicht weniger. Nach dem verleimen musste alles geschliffen werden. Einmal mit achtziger Schleifpapier und dann das Ganze nochmal mit Einhundertzwanziger.

Jochen ratterte mit dem Hubwagen eine Palette mit Brettern quer durch die Werkstatt, zu mir an die Werkbank.

»Die können wir genau so verleimen wie die kleinen Rahmen«, sagte er und deutete auf die Bretter, die für die Sockel bestimmt waren.

Und wir begannen mit dem Verleimen. Acht Sockel, zweiunddreißig Kanten. Jede Kante war grob achtzig Zentimeter lang. Das waren etwas mehr als fünfundzwanzig Meter Holzleim. Anders gesagt, wäre das in einer sechsunddreißig Quadratmeter Wohnung einmal eine Fußbodenleiste ringsherum verklebt.

Dass die Arbeit ohne Pause, ohne was zu trinken und ohne etwas zu essen verstrich, bemerkten wir erst, als der Werkstattmeister neben uns stand und auf seine Armbanduhr tippte.

»Jungs, wir machen in zehn Minuten zu.«

Schön, dass er uns noch Jungs nannte.

Jochen und ich sahen uns erstaunt an. Wir räumten unsere Sachen beiseite, reinigten die Maschinen und standen dann blinzelnd draußen in der Frühabendsonne. Nachdem wir uns den Staub gegenseitig von Schulter und Rücken geklopft hatten, nahmen wir auch gleich Abschied, da spät und durstig und müde. Wir umarmten uns wie üblich.

»Bis morgen.«

»Bis morgen.«

»Habt ihr das eigentlich mit den Leitplanken schon geklärt. Dürft ihr die jetzt abhängen?«

Ich winkte ab.

Jochen lachte.

»Und grüße zuhause.«

»Ebenso.«

## 6ter Tag vor Vernissage. Freitag.

Heinrich und ich trafen uns wie jeden Morgen unten im Garten, der Himmel grau wie Asphalt, lediglich im Osten konnte man den nackten, lichtblauen Himmel zwischen zwei dickhäutigen Wolken entdecken.

Wir fuhren wie gewöhnlich über die Autobahn in die Stadtgalerie und wie gewöhnlich gab es einen dicken Stau, da kurz vor neun und es anscheinend keine anderen Arbeitsplätze gab, außer in Mannheim.

Als wir ankamen, leuchtete bereits das Lämpchen an der Kaffeemaschine.

Kurt war mit seinen Leuten bereits am Leitplanken hängen. Die Form ähnelte immer mehr einer Schneckennudel und die Höhe war fast unter der Decke. Wie es aussah, gab es bis dato keinerlei Hiobspost irgendwelcher Ämter.

Vanessa steckte genau so tief in ihrer Arbeitskleidung wie ihre Hände in der Hosentasche.

Jiri lächelte zufrieden.

Wir setzten uns zusammen auf die Galeriesessel, zwischen uns ein Metallkoffer, aus dem ein paar Kabel zu fliehen versuchten, darauf Kaffee, Zettel, Aschenbecher, Werkzeug und unsere Jobliste. Jiri fischte die Liste heraus, las für sich und warf erst einen kurzen Blick in die Runde, dann einmal quer durch die Galerie, als er uns wieder ansah und kräftig schnaufte.

»Leute – das hier ist noch ein Haufen Arbeit.«

Er winkte mit dem Zettel und ich hatte ein schlechtes Gewissen, weil ich die Jobliste erstellt hatte. Aber es war die reine Arbeit und nichts als die Arbeit, so wahr ich hier saß.

»Weiß eigentlich irgendjemand, wann Philipp mit seinen Türelementen auftaucht?«, fragte Jiri und traf gerade auf eine Stelle, an die keiner mehr so richtig gedacht hatte. Wie von unsichtbarer Kraft gelenkt richteten wir alle den Blick Richtung Metallrahmen.

»Die Türen müssen doch jetzt langsam mal trocken sein«, bemerkte Heinrich.

»Sind denn die Beamer für Barbara aus der Schweiz bereits eingetroffen?«, fragte ich.

»Wir können heute schon mal die Konstruktion bauen, auf denen die Beamer stehen oder hängen werden.«

Heinrich schmunzelte.

Jiri nagelte die Jobliste an unser Infobrett. Vanessa las die Liste runter und kam um ihre Arbeit an der Garage nicht drumherum. Da war immer noch zu verputzen, dann streichen und die Treppe endgültig befestigen. Sie sah Jiri fragend an. Jiri blickte über den Brillenrand.

»Na gut, dann ziehen wir das eben durch.«

Ich wollte gerade noch mit Heinrich besprechen, was noch zu besorgen wäre, als im Hintergrund das Telefon im Büro klingelte. Es klang energischer als sonst.

Ich betrat das Büro und nahm ab.

»Hallo, Benedikt hier, läuft bei euch soweit alles?«

Ich gab einen kurzen Lagebericht.

»Waren irgendwelche Ämter bei euch wegen der Bauabnahme?«

Jochen war noch in der Werkstatt als ich ankam,

den Ohrschutz um den Hals, sein schwarzes T-Shirt zugepudert wie ein Kuchen, in der Hand eine Schraubzwinge.

Wir umarmten uns wie üblich. Wir gingen zur Werkbank, auf der die Rahmen lagen.

»Ich habe schon mal einen vorgeschliffen, die werden gut aussehen, wenn die fertig sind.« – »Aber jetzt mache ich uns erst mal einen Kaffee.

Drei Minuten später saßen wir vor der Werkstatt auf einem Betonsockel. Die Sonne hatte die Wolken besiegt und es war warm. Wir unterhielten uns, das Leben, der Alltag, die Fortbildung, die kleinen Probleme, das Wetter und der letzte Kinofilm, und gerade als wir feststellten, dass in solchen Augenblicken alle Arbeit dieser Welt schnell vergessen war, zogen wir uns gegenseitig hoch und schlurften zurück in die Werkstatt, wie zwei Azubis, die keinen Bock auf Arbeit hatten.

Ich schliff, eine Runde fein und eine Runde noch feiner. Fließband. Und das am frühen Morgen. Jochen fräste die Kanten der Sockel.

Wir legten das Tablet ein.

»Da müssen noch ein paar Brettchen eingeklebt werden, damit das Tablet auch genau in der Mitte liegt.«

Und ich sägte, fünfzehn kleine Brettchen für den Boden und fünfzehn noch kleinere Brettchen für die Seite. Und wieder Fließband. Dann die kleinen und noch kleineren Brettchen einkleben, kurz andrücken und das Ganze beiseite legen und ruhen lassen. Gut, dass es nur fünfzehn Rahmen waren. Gut, dass es nicht jeden Tag fünfzehn waren.

»Aber was machen wir, damit es rückseitig nicht

rausfällt und es trotzdem einfach herausnehmbar ist?«

Jochen und ich standen am OP-Tisch und betrachteten den kleinen rechteckigen Patienten aus Holz.

»Ach du grünes Ei.«

Ich hielt die Hand vor den Mund.

»Weißt du was mir gerade auffällt?«

Jochen schüttelte den Kopf.

»Das bescheuerte USB-Kabel. Das ist ja genau seitlich angebracht.«

Ich drehte den Rahmen herum, packte das Tablet aus der Verpackung und legte ihn in den Holzrahmen.

»Das können die vergessen, dass hier noch ein Kabel rein soll, das passt hinten und vorne nicht«, sagte ich.

»Und seitlich ein Loch in den Rahmen bohren sieht ja wohl wirklich bescheuert aus«, ergänzte Jochen.

»Und wie machen wir das jetzt mit der Rückseite? Ich muss Heinrich anrufen.«

Auch in der Schreinerei gab es die ultimative Rettung.

Eine Maschine, ein Knopfdruck, ein Kaffee.

Jochen und ich setzten uns für einen weiteren Kaffee vor die Werkstatt. Die Sonne beruhigte und wir wechselten das Thema. Diesmal wurden Urlaubspläne schmackhaft gemacht. Danach waren unsere Köpfe wieder frei.

Jochen zückte seinen Meter und berechnete die Größe der Glasscheiben für die einzelnen Sockel. Ich fuhr nochmals in den Baumarkt.

Füllmaterial, das in die Rahmen geklemmt werden

sollte. Geschmeidig, aber hart genug, um es auf der Rückwand einzuspannen.

Im Baumarkt kam die zündende Idee. Mal sehen, ob das alles so funktioniert. Ich steuerte auf einen Verkäufer zu, der irgendwie von mir abperlte und hinter einem Seitenregal verschwand, wie ein Fisch in einer Felsspalte. Ich beschleunigte, schlug wie ein Hase einen Haken, dem Verkäufer hinterher. Ich weiß nicht, wie er es schaffte, aber als ich um das Seitenregal bog, war er plötzlich doppelt so weit entfernt.

»Hallo!« rief ich durch meine Hände.

Der Verkäufer drehte sich um, lief aber rückwärts weiter.

Ich hatte ihn fast.

»Guten Tag, haben sie Schaumgummi hier, solches, das man für Sitzkissen nimmt, wissen sie?«

Der Verkäufer ließ sich in seiner Gangart nicht aufhalten, wirkte auf irgendeine Weise gezogen, wie ein Auto in der Waschstraße. Ich war etwas außer Puste und kam mir vor wie eine Ente.

»So was haben wir in unserem Baumarkt, leider jedoch nicht in diesem hier, der ist zu klein. Da müssten sie in einen größeren fahren.«

»Vielen Dank.«

Ich drehte mich um, richtete den Blick gedankenverloren zu Boden, als mich plötzlich etwas anrempelte. Ein Mann zog rückwärts seinen vollgepackten Einkaufswagen, auf dem sich drei Pakete Deckenisolierung und überlange Bretter stapelten. Als dann noch ein Brett an meinem Oberarm hängen blieb, was schmerzte, wurde ich laut.

»Hallo, keine Augen im Kopf?«, meckerte ich ihn

an, doch der Dickbäuchige zog weiter am Einkaufswagen, sein Kopf hochrot und Mundwinkel wie ein Treppengeländer.

Kein Entschuldigung, gar nichts.

Diesen Rüpel sollte man mal nach Frankreich schicken oder noch besser nach England. Grundkurs gesellschaftliche Verhaltensregeln, mit Aufbaukurs in Anstand und Höflichkeit.

Ich versuchte nochmal Heinrich zu erreichen.

Wieder nichts.

Ich versuchte es in der Galerie.

Es klingelte und klingelte, dann nahm jemand ab.

Vanessa gähnte in den Hörer.

»Du sag mal, ist der Heinrich zufällig in der Galerie?«

Vanessa ließ den Hörer auf die Tischplatte fallen, dass es in meinem Ohr schmerzte. Noch so ein paar Aktionen und ich bin Invalide.

»Heinrich – Telefon«, hörte ich Vanessa in den Raum rufen.

Schritte wurden lauter.

Der Hörer kratzte an irgendwas vorbei. Ich hielt meine Seite vom Ohr fern.

»Ja, hallo, Heinrich hier.«

Eine Viertelstunde später hatten wir die Sache geklärt.

Heinrich konnte sich bildhaft vorstellen, wo ein Loch für ein USB-Kabel rein musste, und wie das ganze an der Wand aussehen würde.

»Ich melde mich dann bei dir, sobald ich die Gretta erreicht habe«, sagte Heinrich.

»Ok, ich bin dann noch im Baumarkt und anschließend wieder in der Werkstatt.«

Der nächste Baumarkt war gut zwanzig Minuten von hier. Zu weit, dachte ich. Es musste was Anderes her.
Da keine Kaffeemaschine, lief ich durch den Baumarkt und überlegte nach Alternativen.
Rohrisolierung.
Die ließen sich gut schneiden und komprimieren. Das war die Lösung. Ich kaufte fünf Stück je ein Meter lang.
Zurück in der Schreinerei.
Ein Rahmen. Fünf Rohrisolierungen und gefühlte zwanzig Ideen später, fanden wir eine Lösung. Rückseitig werden die Rohrisolierung länger zugeschnitten als der Bilderrahmen breit ist und dann eingequetscht.
Wir bastelten die letzten Rahmen zusammen und räumten danach das Werkzeug wieder auf seinen Platz, reinigten die Maschinen, die wir die letzten zwei Tage ordentlich eingestaubt hatten, brachten Restholz ins Außenlager.
Fünfzehn Rahmen und acht Sockel waren fertig und sahen gut aus.
Und ein High-Five.
Zeit für ein Telefonat.
Gerade als ich das Telefon aus meiner Hosentasche kramte, klingelte es.
Heinrich Gartentor auf dem Display.
Ich weiß nicht, wie viele Kuratoren in den letzten Jahren auf meinem Display erschienen waren. Bei vielen sah ich schon im Auftauchen der Namen Unheil und Katastrophen. So, als erkenne man schon in der

Schrift auf dem Display Nervosität und ein Scheitern des Projektes.

Und ich nahm ab.

»Ja, hallo, hier ist der Heinrich.«

Das klang, als würde er mit seinem Nachbarn in den Bergen eine Runde Enzian ausmachen.

»Wie geht´s?«, fragte er, »wie läuft es bei euch? Also. Ich habe soeben eine Weile mit Gretta geplaudert. Sie ist absolut damit einverstanden, dass man auf der Seite ein passendes Loch bohrt, um dort das USB-Kabel durchzustecken.«

»Dann machen wir das so, sieht zwar etwas seltsam aus, wenn die ganzen Kabel unter dem Bild baumeln, aber besser noch, als alle sieben Stunden die Rahmen zerlegen und das Tablet neu zu laden«, sagte ich.

Stille am Telefon.

»Gut – dann haben wir es ja.«

»Ja, ich muss jetzt noch in der Glaserei anrufen und die Bestellung für die Glasscheiben aufgeben.«

Zwanzig vor zwei.

Eine Glasfirma in Ludwigshafen am anderen Ende der Leitung. Stimme weiblich. Um die Vierzig. Pfälzer Akzent. Ich weiß nicht warum, aber meine Vorstellung war: Blond.

Ich erklärte ausführlich.

Erkundigte mich nach Sicherheitsbestimmungen im Ausstellungsraum, fragte nach Kantenschliff, gab die ungefähren Maße durch, hörte mir einen zehnminütigen Vortrag über Sicherheit in der Glastechnik an, und wurde mit Paragraphen der Veranstaltungsstättenordnung gefoltert. Erwähnte noch die Dringlichkeit des

Auftrages und stellte dann die zwei Fragen, die ich besser zu Anfang gestellt hätte.

»Wie lange haben sie heute eigentlich geöffnet?«

»Bis zwei Uhr.«

Ich sah auf die Uhr. Noch drei Minuten.

Und dann die zweite Frage.

»Wenn ich am Montag vorbeikomme, reicht es dann noch die Glasscheiben bis spätestens Donnerstag früh herzustellen?«

»Das bekommen wir leider nicht hin, wir sind total vollgepackt«, antwortete die Verkäuferin oder Sekretärin oder wer auch immer. Hellblond, kam mir in den Sinn. Mit Dauerwelle.

Ich bedankte mich, legte auf und sah zu Jochen rüber, als erneut das Telefon klingelte.

Heinrich Gartentor auf dem Display.

»Entschuldigt mich bitte, aber ich hatte das vorhin ganz vergessen. Wir brauchen sechzehn Rahmen, also noch einen mehr.«

Eine Maschine, ein Knopfdruck, ein Kaffee.

Jochen telefonierte mit seiner Glaserei, wo auch alles wunschgemäß klappte, inklusive rechtzeitiger Fertigstellung.

»Da gibt es allerdings noch einen kleinen Wermutstropfen«, sagte Jochen.

»Und der wäre?«

»Die Firma ist in Worms.«

Das ist ungefähr dreißig Kilometer von Mannheim. Sechzig Kilometer nur für ein paar Glasscheiben.

»Und wann kann ich die abholen?«, fragte ich Jochen.

»Mittwoch gegen zwei Uhr.«
Da darf nichts schiefgehen.

So gegen halb drei war ich wieder in der Galerie.
Es waren alle da, was gut war, denn Philipp kam mit seinen Türen. Lud ab und holte die nächsten Türen. Dazwischen gab es noch ein paar Treppen, die freistehend irgendwo im Raum verteilt werden mussten.
»Wie lange bist du denn heute da?«, fragte mich Philipp.
»Solange bis alle Türen eingebaut sind.«
Und wir bauten die Türen ein.
Philipp und ich standen je auf einer Leiter, kurz unter der Decke. Das Werkzeug kompliziert zwischen die Knie geklemmt, die Taschen voller Schrauben und unter uns assistierte ein junger Mann. Wo der plötzlich herkam, wusste ich nicht.
Von hier oben sah er in seinen Proportionen recht normal aus, erst als ich von der Leiter musste, kam er mir von Stufe zu Stufe größer vor, so, als wachse er genau in die andere Richtung, nämlich nach oben. Als ich unten ankam, musste ich ihn so ansehen, wie er uns auf der Leiter sah, nämlich von unten. Er war ein Kunststudent, wie ich im Laufe des Arbeitsprozesses erfuhr, und ebenso ein Assistent von Philipp. Als ich dann wieder oben auf der Leiter stand, reichte er uns ein Türelement, das in seinen Händen wirkte wie ein einfaches Brett.
Es war Freitag Abend, die späte Uhrzeit hauchte kühle Luft in die Galerie. Was wir allerdings wirklich fertig bekamen, waren die Türen. Kurt und seine Hel-

fer waren mit den Leitplanken ebenso fertig. Vanessa und Marikarmen zeigten die reinste Fleißarbeit bei der Installation aus Wäscheleinen. Die Skulptur aus Wäscheleine hing organisch von der Decke und man konnte sie sogar betreten. Die Garage, oder besser gesagt der Videoraum, war soweit auch fertig.

Mit der Türaktion sah es in der Galerie gleich wieder aus wie vor dem Aufräumen. Und da wir viele Maschinen mit Stromleitungen benutzten und eine Kabeltrommel, deren Leitung sich um alles schlang, was irgendwie lotrecht im Raum stand, und ein Staubsaugerschlauch völlig verwirrt oben drüber und unten durch hing, und wir uns mit diesem ganzen Instrumentarium mindestens hundert mal im Kreise drehten, erinnerte das Ganze an ein gigantisches Fischernetz.

»Da müsste oben noch eine Ablage dran, so, dass man da noch ein paar kleinere Kunstwerke auslegen kann«, sagte Heinrich und zeigte auf das Garagendach.

Ich sah auf die Uhr.

Heinrich schmunzelte.


**5ter Tag vor Vernissage. Samstag.**


Ein Tag, von dem es nicht viel zu berichten gab.

Die Lieferantentür stand offen. Die Leuchte an der Kaffeemaschine leuchtete und wir standen vor einem Berg Arbeit. Um es genau auszudrücken. Das wird knapp.

Vanessa nickte und erwähnte auch gleich, dass sie nicht lange kann. Und da wir nur zu zweit waren und ein Kaffee schnell zubereitet war, nahmen wir erst mal den kleinen Espresso.

Vanessa machte sich an die Treppe am Videoraum und ich sah mich um. Da standen noch gefühlte dreihundertsiebenundachtzig Bilder, teilweise Großformate, an der Wand. Material für die Hängung gab es nicht genügend, besser gesagt, gar keines. Die Beamer, die schon längst im Videoraum von der Decke hängen sollten, waren noch irgendwo in der Schweiz. Ebenso gab es kein Material für den Bau der Ablage auf der Garage. Und dann waren da noch die fünfzehn, Entschuldigung, sechzehn Bilderrahmen mit den Tablets. Da fehlten die USB-Verlängerungen und aufgehängt war noch kein Einziger.

Da blieb nicht viel zu tun, diesen Samstag, da wir nur auf was warteten.

Ich schrieb eine Jobliste, die länger war als die erste. Seltsam aber wahr.

»Dann lass uns eben aufräumen«, sagten wir im Chor.

Und tatsächlich vergingen damit gut drei Stunden.

## 4ter Tag vor Vernissage. Sonntag

Der Sonntag blieb für alle das, was er schon immer war. Ein Erholungstag, und gut, dass Sonntag eben Sonntag war, sonst wäre uns bestimmt, hier und da, noch was eingefallen. Und die Jobliste würde sich für Montag verlängern. Material konnte man auch keines kaufen.

Also danke, lieber Sonntag.


## 3ter Tag vor Vernissage. Montag

Auf unserer täglichen Routinefahrt von Oggersheim nach Mannheim steckten wir wieder im Stau, was nicht schlecht war. So konnten wir in Ruhe die Jobliste durchgehen und dem Ganzen eine Struktur geben.

Heinrich saß neben mir, die Fenster offen, der Kugelschreiber kreiste über das Blatt. Er nummerierte durch. Anzahl der Jobs? Gefühlte Einhundert.

Wie diese Struktur half, bewies der Arbeitsfluss in der Galerie.

Für die Bilder an die Wand hängen: Drei Stunden. Endgültig die Treppe sichern: Dreißig Minuten. Für die Ablage auf der Garage setzten wir zwei Stunden an, und was überhaupt noch nicht geschah: Das Büro entrümpeln, das inzwischen an den Keller einer siebenköpfigen Familie in einem Mehrfamilienhaus erinnerte.

Doch vor all dem. Ein letzter Einkauf in einem Baumarkt, ein letztes Abenteuer durch die endlosen Gänge mit seinen tausend Möglichkeiten, irgendetwas zusammen zu bauen. Ein letztes Mal die Gelegenheit in der Galerie noch etwas zu verändern. Denn nach der Presse, Mittwoch früh, sollte nichts mehr groß verändert werden. Sollte!

So hatten wir den Tag herumgebracht. Die Beamer waren aus der Schweiz eingetroffen. Das Einzige, was mir an diesem Tag auffiel, war, dass wir alle wuselten, schweigsam und konzentriert, und hier und da Veränderungen vornahmen die weitere Veränderungen nach sich zogen. Unser innerer Plan sagte uns, dass wir heute fertig werden wollten.

Was heute wirklich zu kurz kam, war der Kaffeeautomat.

**2ter Tag vor Vernissage. Dienstag**

Eigentlich wäre ich nicht hier, da nicht eingeplant.

Es war neun Uhr morgens, als bei mir das Telefon klingelte.

»Guten Morgen, hier ist Benedikt – ähm – kannst du uns noch einen halben Tag helfen?«, fragte er und klang, als wäre er gerade in den achten Stock gejoggt.

Eine Stunde später war ich in der Galerie.

Vor Ort: Heinrich, Benedikt, eine Assistentin und ein Mann, dessen Anzug genau so hellgrau war wie sein Haar, unter seinem Arm klemmte ein Block, den Blick richtete er zur Decke. Erster Gedanke: Einer von der Stadt. Zweiter Gedanke: Wir müssen wieder abbauen. Dritter Gedanke: Nein! Besser nicht weiterdenken.

11 Uhr war Presse.

Vor meiner Ankunft hatte jemand Stühle aufgestellt. Ein junge Dame deren Name ich nicht kannte, surrte mit einem Staubsauger drum herum. Ich sah Benedikt an und deutet Richtung Mann im Anzug, der immer noch umherlief und zur Decke blickte.

»Das ist schon jemand von der Presse. Fast zwei Stunden zu früh«, flüsterte Benedikt mir zu.

Dann kam der Mann im Anzug auf uns zu.

»Ich sehe, sie haben noch zu tun. Ich komme dann später noch einmal.«

Benedikt und ich sahen uns an.

Paletten, Verpackungsmaterial, Kleinkram. Wir stopften alles ins Lager.

Myriam schob einen Staubwedel über ihre Arbeit. Heinrich fummelte und murmelte innerhalb des Videoraums. Benedikt und die junge Dame stellten einen Tisch. Darauf: Tassen, Gebäck, Gläser, Getränke und unser geliebter Kaffeeautomat. Tausend Bonbons in goldgelber Verpackung lagen auf einem dunklen Holzsockel. Einladungskarten wurden auf dem Kaffeetisch ausgelegt. Die Tür stand offen, ebenso der Hintereingang. Im Innenhof warf die Sonne harte Schatten an die Hausfassaden.

Draußen malte der Künstler Onur mittels Hochdruckreiniger ein Portrait auf den Betonboden.

»Oh nein, da hinten steht ja noch unsere Megaleiter«, stöhnte Benedikt.

Das war wirklich die Größte die es gab, und die stand in der hinteren Ecke. Benedikt im Anzug, bereit für die Presse, doch er packte mit an. Die Distanz zum Lager war höchstens zwanzig Meter, doch so umständlich wie wir uns um, und über, und untendurch, an den Leitplanken, den Bodenplatten, den Wäscheleinen und den meterhohen Türrahmen vorbei mogelten, kam es mir vor, als hätten wir die halbe Innenstadt mit der Leiter durchwandert. Dann im Lager.

»Die Leiter muss da hoch, an die zwei Wandhaken«, sagte Benedikt.

»Wer hat die Halterungen denn angeschraubt, die sind ja kurz unter der Decke?«, fragte ich, »und wie kommen wir da hoch?«, fragte ich weiter.

»Eigentlich nur mit zwei kleineren Leitern«, antwortete Benedikt.

Der normale Arbeitsablauf hätte jetzt etwas zwischen eingefügt, was derzeit nicht mehr möglich war, da Presse. Eine Maschine, ein Knopfdruck ein Kaffee. Wir kramten also zwei Leitern, die völlig verbaut in der hinteren Lagerecke standen, hervor.

Die Megaleiter lag vor uns. Die zwei kleinen Leitern standen unter den Wandhaken. Wir stiegen hoch. Ich spürte einen Stich in meinem Kreuz, Schweiß sammelte sich blitzschnell über meinen Augenbrauen. Auch Benedikt war am schwitzen.

»Mist, die Ausleger der Leiter stoßen an die Decke,

wir haben sie falsch herum aufgehängt.«

Ich zitterte, da körperlich außer Lot.

»Was heißt das, sag schon?«

»Wir müssen sie umdrehen«, stöhnte er, »wir müssen wieder runter und leider noch mal ganz aus dem Lager raus. Wir haben hier keinen Platz.«

Also Leiter wieder runter. Stufe für Stufe und wieder verspürte ich einen Stich im Kreuz. Schweiß perlte auf meiner Kopfhaut. Ich sah uns nochmals durch die Innenstadt laufen.

Wieder draußen im Galerieraum drehten wir die Megaleiter, vorbei an einer Skulptur aus Wäscheleine, an Bildern, an Videoprojektionen. Gefühlte dreißig Minuten später hing das Ding. Sie hing, nicht professionell und statisch auch nicht ganz ausgereift, aber sie hing. Benedikt zupfte ein Papiertuch aus dem Regal und wischte sich die Stirn, betrachtete seinen Anzug, der erstaunlicherweise sauber geblieben war.

Noch vor der Presse saß ich in meinem Fahrzeug, die Scheiben herunter gekurbelt, der Fahrtwind im Gesicht. Im Radio lief *Selah Sue* mit *Raggamuffin*.

## 1 Tag vor Vernissage und der Tag der Ausstellungseröffnung

Das Einzige was ich heute erledigte, war, die Glasscheiben in Worms abholen, zur Galerie fahren und die Scheiben einlegen, dann musste ich los, zu einem anderen Termin. Gegen neun Uhr war ich also wieder unterwegs. Den Rest des Tages bekam ich nicht mit. Und wo man nicht dabei ist, gibt es auch nicht viel zu berichten.

Fallweise jedoch reichte eine Frage und die dazu passende Antwort, um vor dem Auge einen Film abzuspulen, der einen ganzen Tag, einen längeren Zeitraum oder ein ganzes Leben dokumentierte. Das gleiche hatte ich schon mal geschrieben. Vergangenen Sonntag war das. Das Einzige, was ich mitbekam, war, dass Heinrich nicht zuhause war. Ich vermute, dass er, nachdem ich die Galerie verlassen hatte, kurz darauf auftauchte.

Am Abend der Ausstellungseröffnung traf ich dann Vanessa und Marikarmen, die gerade dabei waren, sich ein Bild anzusehen. Ich tippte Marikarmen von hinten auf die Schulter.

»Hey – na, schön, dass du da bist«, sagte sie.

Vanessa hatte ihre Hände in den Hosentaschen und nickte.

»Und bei Euch, war es auch ruhig in den letzten Tagen?«, fragte ich.

Vanessa rollte mit den Augen.

»Das war alles andere als ruhig. Benedikt hatte uns

gestern nochmal gebeten zu kommen«, sagte Marikarmen.

»Seit heute morgen um zehn, bis vor einer Viertelstunde, waren wir hier noch am Aufräumen«, ergänzte Vanessa und tippte ihren Zeigefinger an die Schläfe.

**Resümee**

Müsste ich jemandem erläutern, was denn unsere schwierigste Aufgabe war, dann gäbe es hier einiges zu berichten. Ohne Zweifel waren das Tonnen, die wir gemeinsam bewegten; sicherlich waren das unausgegorene statische Experimente; klar waren das Materialien, die ein unglaubliches Geschick in Handhabung und Montage verlangten; natürlich waren das weitaus größere Überlegungen, was Konzept und Gestaltung anging, als hinge man nur ein Bild an die Wand; auf jeden Fall war das eine großartige Leistung, zehn Künstler in einem relativ kleinen Raum zu präsentieren, und es jedem Recht zu machen.

Der Aufbau war somit eine große Herausforderung und äußerst komplexe Angelegenheit für alle Beteiligten, doch die schwierigste Aufgabe, ich meine, welche am meisten Konzentration und Sensibilität abverlangte, fand auf dem Gelände der Turley Barracks statt.
Dort lag ein kleiner Schmetterling, direkt in der Einfahrt für LKWs, die Flügel so mit Staub belegt, dass er diesen Ort niemals, ohne Hilfe, hätte lebend verlassen können. Vier ausgewachsene Männer brauchte es, um den hilflosen Schmetterling an einen sicheren Ort zu transportieren. Mit der Vorsicht, nicht das zu zerbrechen, was für uns Menschen die Notwendigkeit der Arme und Beine sind, sind bei diesem kleinen Wesen: Die Flügel des Schmetterlings.

Persönliche Schlussbemerkung:
Der Bericht ist ein Begleitbericht zum Aufbau der Ausstellung
Mannheim-Solothurn 2013. Der Bericht deckt nur den Teil des
Aufbaus in Mannheim ab.
Für die spätere Einladung in die Schweiz, Kunstmuseum Solothurn,
bedanke ich mich sehr.

Vielen Dank an alle, die zur Veröffentlichung beigetragen haben. Vielen
Dank an alle, die die Einverständniserklärung, die auf eine
Veröffentlichung mit Namensnennung hinweist, unterschrieben haben.
Personen, die nur als fiktive Person erwähnt werden wie z.B: *Der
Unbekannte*, oder *die Kuratoren* müssen nach eigenem Ermessen
entscheiden, ob sie sich angesprochen fühlen oder nicht.

Nicht alles ist real, was in Worten geschrieben ist, nur die Vorstellung
macht es real.

© 2013 by Frank Dan Hofacker

Von Frank Dan Hofacker liegen außerdem vor:
Das dunkle Zimmer (2011)

kontakt:
Frank Dan Hofacker
mail: medienwerker@web.de